rororo

Mit Illustrationen
von Annette Swoboda

Ben Becker

Bruno
Der Junge mit den grünen Haaren

Rowohlt Taschenbuch Verlag

Bruno

Der kleine Bruno war jetzt gerade mal acht Jahre alt, aber was auch immer seine Mutter für Anstalten machte, er wollte sich einfach die Haare nicht waschen. Jedes Mal, wenn sie sich einen neuen Trick einfallen ließ, um seinen Kopf unter die Dusche zu bekommen, veranstaltete er ein derartiges Geschrei, dass sie Angst bekam, die Nachbarn würden die Polizei alarmieren und sie selbst, noch vor deren Eintreffen, den Verstand verlieren.

Kurz und gut: Der Fall war hoffnungslos. Bruno behielt seinen ungewaschenen Kopf, und das seit nunmehr fast einem Jahr.

Auch in der Schule stieß er auf wenig Verständnis für sein Benehmen, und nachdem die Klassenlehrerin seine Mutter zweimal angeschrieben hatte, als Antwort aber nur ein hilfloses «Tut mir leid, was soll ich machen …?» auf einem sonst leeren Blatt Papier erhielt, sah man sich gezwungen, das Thema auf dem nächsten Elternabend zu besprechen. Aber auch das half nicht. Schließlich konnte man einen Jungen nicht von der Schule verweisen, nur weil dieser

sich in den Kopf gesetzt hatte, selbigen nicht mehr zu waschen.
Bruno nahm den ganzen Wirbel um ihn herum gelassen hin, und wenn seine Klassenkameraden wieder einmal anfingen, ihn mit Wörtern wie «Schimmelpilz» oder «Klobürste» zu ärgern, kümmerte er sich einfach nicht um sie, sondern lächelte ein ganz klein wenig und setzte sich in aller Bescheidenheit auf seinen Platz.
Dieses winzige Lächeln entging ihnen allen, außer einer: der kleinen Betty Kröger, die zwei Reihen hinter ihm, ein wenig weiter links ihren Platz hatte. Bruno merkte das, wie ihm auch sonst nicht viel entging, es sei denn, er konnte

sich für etwas schlichtweg nicht begeistern wie zum Beispiel das Bodenturnen oder die Mathematik.

Eines Tages kam Bruno von der Schule nach Hause, warf seinen Schulranzen in eine Ecke der Küche und öffnete den Kühlschrank, um sich ein großes Glas Vollmilch einzuschenken. Dann schritt er, das Glas in beiden Händen, weiter den Flur entlang in Richtung Kinderzimmer, am Bad vorbei, dessen Tür merkwürdigerweise sperrangelweit offen stand.

Bruno stutzte einen Moment und lugte vorsichtig um die Badezimmertür. Es war tatsächlich niemand zu Hause. Sonst kochten die Oma und seine Mutter um diese Zeit schon fürs Mittagessen, aber heute war keiner da.

«Nicht schlecht», dachte Bruno und wollte gerade weiter in Richtung Kinderzimmer, da heftete sich sein Blick auf ein riesiges, giftgrünes, wunderschönes Stück Seife, wie er es noch nie gesehen hatte. Er stellte seine Milch auf die Waschmaschine und trat langsam näher. Der absolute Wahnsinn lag da vor ihm auf dem Waschbecken:

grün wie ein Frosch und durchsichtig wie die schönste Murmel, die er jemals besessen hatte. Bruno war verzaubert. Er verschloss die Badezimmertür und drehte den Wasserhahn ganz weit auf. Dann nahm er vorsichtig das Stück Seife vom Beckenrand und begann es verliebt zwischen seinen Händen hin- und herflutschen zu lassen. Nach kürzester Zeit entstand eine unvorstellbare Menge von herrlich blubberndem Badeschaum. Bruno war begeistert, die Seife schäumte, und die Zeit verstrich.

Inzwischen war seine Oma aus dem Mittagsschlaf erwacht und wollte gerade den Topf mit den Senfeiern aufsetzen, als auch die Mutter von einem Plausch mit den Nachbarn obendrüber nach Hause kam.

«Wo ist denn der Bruno?», fragte sie.

«Der, der ist im Badezimmer!», antwortete die Oma und entfachte eine weitere Flamme am Herd.

«Im Badezimmer?», wiederholte erstaunt die Mutter, ging durch den Flur und klopfte an die verschlossene Tür: «Bruno, Bruno, was machst du denn da?», fragte sie.

«Ich wasch mir die Haare ...!», brüllte Bruno stolz nach draußen.
Seiner Mutter blieb die Spucke weg. «Er wäscht sich die Haare», flüsterte sie nahezu sprachlos zur Oma, die jetzt ebenfalls mit großen Augen und offenem Mund in der Küche stand. Die beiden beschlossen, den kleinen Bruno nicht weiter zu stören, schließlich hatte es das schon lange nicht mehr gegeben.

Und so kochte die Oma weiter Senfeier, die Mutter deckte den Tisch, und sie waren schon beim Essen, als Bruno endlich aus dem Badezimmer kam.

«Um Gottes willen, was ist denn mit deinen Haaren passiert?», fragte die Mutter entsetzt. «Die sind ja ganz grün!»

«Na und?», entgegnete Bruno, setzte sich an den Tisch und begann zufrieden und glücklich Kartoffeln und Eier auf seinem Teller zu manschen.

Am nächsten Morgen zog sich seine Mutter den Mantel über, setzte Bruno eine Mütze auf den Kopf, nahm ihn bei der Hand und ging mit ihm zur Schule.

Dort angekommen klopfte sie am Zimmer des Direktors.

«Herein!», donnerte es streng durch die Tür, und ein bisschen mulmig war es Bruno jetzt schon, aber selbstverständlich ließ er sich das nicht anmerken.

«Herr Direktor», begann die Mutter eben zaghaft, als Bruno sich von ihrer Hand losriss und die Mütze vom Kopf und rief: «Ich hab mir die Haare gewaschen!»

Der Direktor wäre fast vom Stuhl gefallen und seine Mutter am liebsten im Erdboden versunken, doch Bruno kratzte nur seinen grün gewaschenen Kopf, steckte die Hände in die

Hosentaschen und lehnte sich tollkühn an einen riesigen Schrank voller Akten.
Die Mutter lächelte peinlich berührt, der Direktor räusperte sich und entschied dann, nach einer Weile beschämender Stille, der kleine Bruno möge dem Unterricht von nun an mit Mütze beiwohnen, bis …

… bis Gras über die Sache gewachsen ist.

Die Seifenfabrik

Es war spät am Abend, und Bruno lag schon im Bett und schlief. Seine Mutter war von der Idee mit den grünen Haaren noch immer nicht begeistert. Also fragte sie die Oma nach der Herkunft der grünen Seife. Aber auch die Oma konnte sich nicht daran erinnern, jemals eine solche Seife gekauft zu haben. So kam es, dass seine Mutter in der Küche den ganzen Mülleimer auskippte, um der Sache auf den Grund zu gehen. Und tatsächlich: Sie fand eine leere

Pappschachtel mit einem Bild der grünen Seife darauf. «GRÜNdlich sauber» war dort zu lesen, und die Buchstaben GRÜN waren größer geschrieben als der Rest. An der Seite stand der Name der Fabrik, die die Seife erfunden hatte, nämlich: «Firma Saubermann & Söhne, ortsansässig».

Gleich am nächsten Morgen schlug Brunos Mutter im Telefonbuch nach, denn es war ihr ein ernstes Bedürfnis, sich dort wegen Brunos grün gewaschenem Kopf zu beschweren.

«Da verbinde ich Sie mit der Werbeabteilung», sagte die Dame am Telefon, nachdem Brunos Mutter ihr die ganze Geschichte erzählt hatte.

Dann dauerte es eine halbe Ewigkeit, bis sich ein junger Herr mit einer freundlichen Stimme meldete: «Und seitdem hat der Junge grüne Haare?», fragte er. «Das ist ja großartig!»
«Also ich muss doch sehr bitten», versuchte Brunos Mutter zu protestieren, aber der Herr am anderen Ende der Leitung wollte davon nichts hören und fuhr begeistert fort:
«Gute Frau, wir müssen dringend einen Termin bei uns in der Fabrik vereinbaren, am besten heute noch. – Ihr Junge wird berühmt!»
Brunos Mutter verschlug es die Sprache, aber vollkommen überrumpelt, wie sie jetzt war, sagte sie einem Treffen noch am selben Nachmittag zu.

Bruno kam von der Schule nach Hause und verstand erst mal gar nicht, was los war, denn seine Mutter nahm ihm die Mütze vom Kopf, wuschelte durch seine grünen Haare, zog ihn aus der Haustür, und die beiden fuhren mit der Straßenbahn bis ans andere Ende der Stadt. Dann ging es noch ein paar Meter zu Fuß, und schließlich standen sie vor der Seifenfabrik. Zu ihrer Überraschung wurden sie schon von einigen piekfein angezogenen Herren in Anzügen erwartet. Für Brunos Mama hatte der eine sogar einen großen Strauß Blumen im Arm. «Herzlich willkommen bei Saubermann & Söhne», sagte er und verbeugte sich. Dann

übergab er Mama die Blumen und strahlte übers ganze Gesicht: «Das ist ja ein noch schöneres Grün, als wir uns je zu erträumen gewagt hätten. Lassen Sie uns keine Zeit verlieren.»
In null Komma nichts ging es in ein riesiges Fotoatelier. Man stellte Bruno auf einen Hocker, und dann kam eine dicke Frau mit hochgesteckter Frisur, die ihm die Haare mit Wasser befeuchtete. Sie puderte ihm das Gesicht, zupfte an seinem T-Shirt, und schließlich forderte der Fotograf ihn auf, die Seife glücklich lächelnd in seinen Händen hin- und herflutschen zu lassen.
Bruno winkte seiner Mama, und sie winkte schüchtern, aber auch ein bisschen stolz zurück.

Nachdem der Fotograf dann endlich verkündet hatte, dass «alles im Kasten» sei, fuhren Bruno und seine Mama mit der Straßenbahn wieder nach Hause, wo sie aufgeregt alles der Oma erzählten.

Als Bruno am nächsten Tag in die Schule kam, guckten ihn seine Klassenkameraden mit großen Augen an, und seine Freundin Betty Kröger flüsterte von hinten: «Hey, Bruno, du bist ja jetzt berühmt!» Sogar die Klassenlehrerin begrüßte ihn freundlich mit einem «Guten Morgen, kleiner Bruno». Bruno war ziemlich verwirrt, aber dann, auf dem Weg nach Hause,

verstand er, was los war: In der ganzen Stadt, auch an der großen Wand vom Kaufhaus, hatte man riesige Bilder von ihm aufgehängt, und darunter stand geschrieben: «GRÜNdlich sauber mit Seife von Saubermann & Söhne». Sogar am Himmel schwebte ein großer, giftgrüner Ballon mit seinem Gesicht drauf. Aufgeregt lief Bruno zu dem Supermarkt, wo er und Mama immer einkaufen gingen. Und wirklich, da gab es ein ganzes Regal mit grüner Seife und seinem Bild auf der Verpackung. Blitzschnell versteckte er sich hinter einem Stapel Ravioli-Dosen, um zu beobachten, ob jemand die Seife kaufen würde. Aber alle Müt-

SÖHNE
& SÖHNE
GRÜNdlich sauber
mit Seife von...
SAUBERMANN & SÖHNE
eife von...
HNE
GRÜNdlich sa
mit Sei
SAUBERMAN
GRÜNdlich sauber
mit Seife von...
SAUBERMANN & SÖHNE
sauber
Seife von.
SAUBERMANN & SÖHNE

ter gingen nur kopfschüttelnd an den Seifenpackungen mit dem Bild von dem Jungen mit den grünen Haaren vorbei. Ein bisschen enttäuscht kaufte Bruno sich eine von den Schachteln. Er betrachtete sie und dachte darüber

nach, wie es wohl wäre, wenn auf einmal alle kleinen Jungs grüne Haare hätten. Auch die Plakatwände, auf denen er abgebildet war, machten ihm plötzlich Angst.

Endlich zu Hause angekommen, versteckte Bruno die Seife heimlich unter seinem Bett. Dann wünschte er Mama müde eine gute Nacht, kuschelte sich auf die Seite, und kaum, dass er eingeschlafen war – so kam es ihm zumindest vor …

... da küsste ihn seine Mutter auf die Stirn und flüsterte: «Aufstehen, kleiner Bruno, du musst in die Schule.»
Er öffnete die Augen, setzte sich erschrocken auf und fragte verschlafen: «Bin ich immer noch berühmt?»
«Aber nein, kleiner Mann», antwortete sie sanft, «du bist nicht berühmt, nur einzigartig, und das reicht!»
«Alles nur geträumt», dachte Bruno erleichtert und musste lachen.

Aber nach dem Frühstück, kurz bevor ihm seine Mutter die Mütze aufsetzte, guckte er sicherheitshalber doch noch einmal unter das Bett. Und dort, er traute seinen Augen kaum, lag tatsächlich die Seifenschachtel, die er letzte Nacht im Supermarkt gekauft hatte.
«Komisch», dachte Bruno, «manchmal werden Träume wahr.»
Aber das blieb sein Geheimnis, und zwar so lange, bis ... na ja, ihr wisst schon:

… bis Gras über die Sache gewachsen ist.

Ben Becker: © tba

Ben Becker (hier als kleiner Junge) zählt zu den bekanntesten deutschen Schauspielern. Für seine Film- und Bühnenauftritte erhielt er zahlreiche Auszeichnungen, darunter den Grimme-Preis und die Goldene Kamera. An seine Kinderzeit kann Ben Becker sich noch gut erinnern, denn genau wie Bruno hatte er schon immer einen eigenen Kopf. «Bruno. Der Junge mit den grünen Haaren» ist sein erstes Kinderbuch. Der Autor lebt mit seiner Familie in Berlin.

Annette Swoboda: © Bettina Swoboda

Annette Swoboda studierte *arts plastiques* in Aix-en-Provence und Grafik-Design in Mannheim. Sie arbeitet für verschiedene Kinderbuchverlage und zählt wegen ihres einfühlsamen und humoristischen Stils zu den gefragtesten Illustratoren Deutschlands. Annette Swoboda lebt mit ihrer Familie auf einem Bauernhof in der Friesischen Wehde.

Originalausgabe
Veröffentlicht im Rowohlt Taschenbuch Verlag,
Reinbek bei Hamburg, Oktober 2009

Lektorat Christiane Steen
Umschlag- und Innenillustrationen Annette Swoboda
Umschlaggestaltung any.way, Barbara Hanke/Cordula Schmidt
Lithographie Grafische Werkstatt Susanne Kreher, Hamburg
Gesetzt aus der Stempel Schneidler (PostScript), InDesign,
bei KCS GmbH, Buchholz bei Hamburg
Druck und Bindung Offizin Andersen
Nexö Leipzig GmbH, Zwenkau
Printed in Germany
ISBN 978 3 499 21503 2

Brunos grasgrüne Abenteuer gehen weiter.

Freut euch auf den nächsten Band!

Jan Weiler

Hier kommt Max!
rororo rotfuchs
21520

Mit Bildern von
Ole Könnecke

Das erste Kinderbuch von Jan Weiler

Das Leben kann ganz schön turbulent sein, wenn man gerade sechs Jahre alt ist. Ständig hat man was zu tun – die große Schwester ärgern, zum Beispiel, oder in der Pause gegen die Mädchen Fußball spielen (und verlieren) oder herausfinden, wie ein Regenwurm schmeckt (mit Ketchup), oder sich mit einem Bleistift tätowieren oder, oder, oder …
Eines ist allerdings sicher: Mit Max wird es niemals langweilig!

Angelika Bartram,
Jan-Uwe Rogge

Kleine Helden – starke Typen
Geschichten, die stark machen
rororo rotfuchs 21487

Die Vorlese-Serie für Kinder ab 4
Illustriert von Annette Swoboda

Als Jana und Jonas ihr kleines Holzboot zu Wasser lassen, möchten sie am liebsten gleich selbst auf große Fahrt gehen. Aber wie sollen sie die Stärke finden, um den vielen unbekannten Gefahren zu trotzen? Zum Glück taucht der Weise Jau Jau auf und hilft den beiden, das Geheimnis der Stärke zu lüften. Er erzählt ihnen viele Geschichten, und alle seine Helden geben den Kindern ein ganz besonderes Puzzlestück. Am Ende erkennen Jana und Jonas, dass die Stärke in ihnen selbst liegt.